Au jardin d'Éden

Poèmes de
Michel Léon

Pastels de
Brigitte Korvec

Édition « Le Grenier des Artistes » - © 1998

À propos de Brigitte KORVEC*…*

Préface

BRIGITTE Korvec, un art en poudre d'ailes de papillons.
« La Beauté est un germe d'amour qui caresse la mémoire du temps »

Sans doute aura-t-il fallu que je sois encore tout ébloui de quelques flâneries musicales où j'ai pu apprécier les envolées d'accords légers, les jeux complices des notes et des instruments du quatuor Ysaÿe – afin de peut-être mieux encore pouvoir aborder et me délecter de l'univers poético-pictural tout autant que musical des œuvres de Brigitte Korvec.

Cet art, plus particulièrement réservé au pastel contient en lui toute l'intimité d'une partition de musique de chambre, sur laquelle viendrait se déposer une pluie de nuances subtiles et harmonieuses d'une palette toute parsemée de poudre d'ailes de papillons.

Brigitte Korvec se révèle indéniablement être une artiste de l'intimité de l'objet, de l'élaboration du motif, de la disposition des reflets qui parfois contiennent des pointes de mystère et des touches de silence qui nous marginalisent d'une notion de mode et de temps.

Bien que de facture très classique, les compositions de Brigitte Korvec n'en sont pas pour autant moins teintées de poésie où l'on serait tenté d'oublier l'entrave quotidienne de la vie pour rejoindre notre jardin d'enfance, d'étonnement et d'émotion.

Brigitte Korvec pousse son travail technique le plus en avant possible vers une sorte de perfection, afin d'obtenir, dans ses réalisations le plus de vérité qui soit par rapport aux divers thèmes exploités.

Néanmoins, au lieu de nous livrer des œuvres froides, rigides, sans âme, porteuses simplement des effets d'un noble travail d'artisan qui pourrait nous rappeler les petits maîtres du XVIIe ou XVIIIe siècle, Brigitte Korvec va au delà en nous dévoilant l'intimité poétique de chaque objet abordé.

Douée d'un certain talent de coloriste, elle sait laisser aux couleurs cette liberté de jouer entre elles, la vie ainsi n'est pas statique, au contraire, elle n'attend que le coup de baguette magique d'une fée pour s'animer. D'une sensibilité extrême, Brigitte Korvec nous livre ses secrets les plus cachés, à son insu peut-être, mais ses compositions nous disent tout d'elle et aux admirateurs attentifs, elle permet de lire dans son âme.

C'est ainsi que pour Brigitte Korvec tous les arts se confondent, une simple nature morte peut devenir un adagio ou une promenade bucolique ou solitaire à la Rousseau, quelques oiseaux chatoyants nous invitent à aborder des îles encore vierges de toute empreinte humaine, quelques pensées frémissent comme des papillons sur la partition de la vie.

Tout chez elle est danse, musique, poésie. L'expression graphique n'est pour elle qu'un moyen parmi d'autres de nous décrire son jardin. Et ce n'est pas sans raison si le regretté poète Pierre Kerebel était transporté par l'œuvre de Brigitte Korvec, tout en se demandant : *« À quoi rêve une fleur dans la main d'une femme? »*.

Aujourd'hui encore, ce n'est pas un hasard si elle vient d'associer son talent à celui d'un autre poète, Michel Léon, où tous les deux tissent leurs disciplines pour nous ériger, page après page, un livre, Au jardin d'Éden.

Le verbe donne peut-être la note aux œuvres de Brigitte Korvec à moins que ce ne soit le contraire. À ce point d'osmose, il n'existe plus de frontière, tout se confond, tout se fond pour ne laisser que plus de place à la beauté et à la vérité. Chez Brigitte Korvec, la notion de beauté devient vite une nécessité naturelle, un prétexte également pour laisser chanter le corps de ses modèles femme, en perspective d'y trouver peut-être l'harmonie de l'âme.

Prenons toutes les couleurs de Brigitte Korvec en marche, c'est très certainement le plus sûr moyen de croiser vers de beaux voyages d'insouciance tout teintés d'espérance.

Michel Bénard

Poète et artiste peintre,
Vice-président de la société des Poètes et Artistes de France.

Le printemps

Revoilà le Printemps qu'on avait oublié,
Primevères, crocus, la nature ravie
Et le soleil, Négus, qui redonne la vie.
Revoici le beau temps, qu'il est bien réveillé !

Il revient le moment du ciel émerveillé
Les cris de ses oiseaux, rires de la prairie
Et la sève en mes os dont mon âme est fleurie
Réunissent leurs chants jusqu'au soir éveillé.

Que j'aime ta fraîcheur ta beauté ta lumière
L'hirondelle en mon cœur gazouille une prière
« Je crois que chaque jour tisse l'Éternité » !

Tout l'Automne et l'Hiver nous faisions les semailles
Un Printemps sans amour ne verrait pas l'été,
Aujourd'hui tout est vert, fêtons nos retrouvailles !

À propos de Michel LÉON…

Préface

COMME Ronsard et Musset, Michel Léon célèbre l'amour en ses manifestations les plus nobles et les plus éloquentes. S'adressant à quelque femme idéale et plus encore idéalisée, il rêve pour elle d'un jardin de lumière ou tout ne serait : *« que beauté, luxe, calme et volupté. »*

Cette invitation au voyage conduirait les amants vers l'île d'Aphrodite, au milieu de quelque océan indéfini. On pense à *« L'embarquement pour Cythère »* de Watteau, mais aussi aux *« Quatre saisons »* de Vivaldi car l'amour exige une musique qui soit à son image et le bonheur – notre devoir et notre patrimoine – selon Claudel, se veut à l'abri de toute profanation.

« Un printemps sans amour ne verrait pas l'été » écrit superbement Michel Léon et cette élégance du sentiment répond de la profondeur de celui-ci et donne à croire qu'il est unique.

« L'amour devra guider tes pas
Perdus dans la nuit de ta vie,
L'amour devra guider tes pas
Vers cette route où tu n'es pas. »

Michel Léon le laisse entendre, l'amour demande qu'on le protège et qu'on ait mille attentions afin d'en préserver la grâce et d'en allumer les autels. Musique et lumière, voyage aux horizons, jusqu'au mallarméen : *« Fuir, là-bas, fuir… »*
Là-bas, où les oiseaux sont ivres, les lagons bordés d'orangeraies, les rivières paisibles comme les cygnes qu'elles portent et les cœurs dans l'accordée des ciels et des eaux.

Cet exotisme de bon aloi, Michel Léon va le chercher chez Brigitte Korvec, dont les pastels comportent et des harmonies et des harmoniques, dans un arrangement concerté, simple et savant qui nous touche.

Ces fleurs d'Éden, dans le jardin du même nom, tremblent dans notre souvenir au son des *« Violons de l'automne »* quand passe un cacatoès dans des iris de paradis.

De la rencontre du poète et du peintre naît une œuvre qu'on aimera découvrir et qui traduit au mieux, par l'image, la sensibilité de celui qui chante et nous enchante.

Charles Le Quintrec.

Poète, romancier, essayiste.
Prix Apollinaire; Grand prix de la société des Gens de Lettres;
Bourse Goncourt de la poésie; grand prix de poésie de l'Académie française.

Amandine

Le regard d'Amandine,
Sa démarche féline
Appellent la caresse
Reçue jusqu'à l'ivresse
Qu'elle accepte toujours
Comme un acte d'amour.

Sa présence illumine
Et réchauffe la mine
De sa jolie maîtresse
Partageant la tendresse
Des bons et mauvais jours :
Solitude ou amour.

Brigitte Korvec

La vie et l'œuvre de l'Artiste

Le bébé vint sur un rocher,
Nourri du ciel et de la mer,
Fille du vent, des alizés,
Près de Lorient et ses abers.

La petite fille a grandi
Avec des couleurs dans les doigts,
La jeune fille a réussi
À mettre les cœurs en émoi !

Avec tous ses jolis dessins
De fleurs, de fruits, d'oiseaux, de chats,
Les galbes de corps féminins,
Danseuses sur pas d'entrechats.

L'histoire ne dit pas pourquoi
En poursuivant son jeu de piste
Elle quitta l'Île de Groix,
Pour le pays des grands artistes…

Si vous allez à Pont-Aven,
Laissant courir la rêverie
En suivant le cours de l'Aven
Vous trouverez sa Galerie…

Juste à la porte du Musée
Vous reconnaîtrez ses peintures :
Pastels, fusains qui font rêver,
Elle fait chanter la nature !

Si vous osez poussez la porte,
Attiré par ces fleurs offertes,
Où les beaux fruits mûrs qu'elle apporte
Vous ferez mille découvertes…

Les plumages multicolores
Des oiseaux des pays lointains
Quand les rayons du soleil dorent
De ravissants corps féminins…

Volatiles de basse-cour,
Et jeunes filles en tutu,
Rêverez-vous donc à l'amour,
En voyant ces corps dévêtus ?

Puis, vous quitterez Pont-Aven
Le cœur rempli de mille étoiles,
De tous les bonheurs de l'Éden
Cueillis au-delà de ses toiles.

B KORVEC

Juillet

juillet dans sa fureur dévaste la prairie
et le ramier froisse son aile de métal
aux frondaisons serrées des chênes épanouis
la nature chancelle à l'heure tropicale

les volets demi-clos et la mer à l'étale
pose une main de feu sur mon sein endormi
aux silex brûlants d'antiques bacchanales
l'ardeur flambe le ciel de nos verts paradis

ton regard de braise me fait perdre la voix
à l'ombre de ces murs je ne serai qu'à toi
brûle l'été sans fin des amours et des champs

brûle nos peaux de soleil de sable et d'océan
livre midi le juste aux délires et aux faims
brûle en nous le désir, l'été renaît sans fin

Anne Chavériat

« La poétesse de l'Armor » - P. Osenat
Extrait de Solstice - Giroflier n° 5 - mai 1998

L'été

C'est la saison des fruits, voici la fleur du temps :
Cet immense ciel bleu, ces douces nuits inertes
Appellent tous les cœurs aux grandes découvertes.
Un bonheur apparaît en naissant du Printemps!

La mer vient d'engloutir ses crimes, ses tourments
Et nos maisons fleuries restent grandes ouvertes,
Les corps sont réchauffés, les mains toutes offertes,
L'onde enfile sa robe aux mille diamants...

Le soleil n'est qu'amour et ma chair se fait tendre,
Elle ne fuira plus celle qui veut m'attendre
Mon être s'abandonne en l'espace azuré,

J'écoute cet été qui chante l'armistice;
La plage nous invite en son grand lit doré
Pour qu'éclate en plein jour notre feu d'artifice!

B. KoRVec.

B. KORVec.

Le chant du coq

Le ciel est bleu,
Cocorico!
L'étoile fuit
Mais sois heureux
Le soleil luit!

Debout les belles!
Cocorico!
Vois tout là-haut
Une hirondelle,
Il fera chaud!

Le jour se lève!
Cocorico!
Debout les hommes!
Monte la sève!
Croque la pomme!

Le ciel est bleu,
Cocorico!
Le jour se lève,
Ses cris joyeux
Rythment mon rêve!

Le bonheur

L'amour passe près de toi
Derrière un arbre ou un nuage,
Il attend, patient et courtois.
Le bonheur passe près de toi.

Comme la neige sur le toit
Il recouvre ton paysage,
Le bonheur passe près de toi
Mais tu le prends pour un mirage…

L'Amour devra guider tes pas
Perdus dans la nuit de ta vie,
L'Amour devra guider tes pas
Vers cette route où tu n'es pas.

Éclairant ta foi, ton envie,
L'Amour devra guider tes pas
Perdus dans la nuit de ta vie.

B.Korvec

Les cerises

Il est revenu le temps des cerises !
Les enfants joyeux
Grimpent dans les branches,
Ils vont dénicher
Les grappes de fruits,
Couleur rouge vif
Cachées sous les feuilles.
Ils viennent gober
De leurs incisives
Les rondes cerises
Mûres et offertes
Que tous les oiseaux
Leur ont épargnées.

Et leur gourmandise
Les fait dévorer
Le fruit savoureux
Pour sentir le jus
Jaillir dans la bouche,
Ravir le palais
D'une fraîcheur sucrée
Qui vous donne envie
De recommencer.

Et le soir venu,
C'est à pleins paniers
Que s'offrent à nos yeux
Les fruits destinés
Aux meilleurs moments
De nos jours heureux.

Brigitte Korvec

À Pierre Kerebel
qui vient de nous quitter

Le Poète

Mon ami le poète est un grand magicien!
Avec de simples mots, il met le cœur en fête;
C'est une symphonie qui chante dans ma tête :
Écoutez la chanson d'un nouveau musicien!

Artiste-Peintre, orfèvre, il n'a besoin de rien,
Il voit avec le cœur et jamais ne s'arrête
À écrire les choses qui ne vont à la crête;
Il vit au sentiment, l'adopte et le fait sien.

Ma peine est plus légère et ma joie plus profonde,
Tout comme le soleil, il éclaire le monde
Et la nuit, c'est l'étoile indiquant le bonheur.

Voici cet arc-en-ciel qui efface les larmes :
En offrant son poème, il enivre le cœur,
C'est une pluie d'amour pour un torrent de charme!

Rêve de fleur

À quoi rêvent les fleurs oubliées dans l'amphore,
Ont-elles des regrets de leur gloire passée
Quand elles nous charmaient les yeux de leur beauté
Sous le soleil d'Avril qui les faisait éclore ?

Le bleuet a gardé sa teinte enchanteresse
Et la rose a rougi au baiser d'Apollon,
C'est ainsi que l'on nomme le beau papillon
Qui va, de fleur en fleur, promener sa tendresse.

Par les vives couleurs que son pinceau apporte
L'artiste fait revivre une nature morte.
Quand l'amour, au talent, ajoute sa ferveur,

Sur la braise noircie peut renaître une flamme.
Quand les doigts d'une fée ont cueilli sa fraîcheur
À quoi rêve une fleur dans la main d'une femme ?

Pierre Kerebel (†)
Lauréat de l'Académie Française

Des fleurs et des chansons...

Je t'envoie ces fleurs,
T'adresse ces mots
Avec leurs couleurs
C'est comme un cadeau...

Des pensées pour toi
Avec quelques notes,
C'est un peu de joie
Pour ton cœur qui flotte...

C'est un peu de rêve,
Coin de paradis,
C'est la pomme d'Ève
Au jardin promis!

B. Korvec.

Musique

C'est l'oiseau le premier musicien de la terre ;
Au lever du soleil, il sonne le clairon
Et l'orchestre du vent soutiendra sa chanson
Jusqu'au soir quand la grive entonne la dernière.

Dès que le nouveau-né vient de quitter sa mère,
C'est l'éclat de sa voix qui remplit la maison.
Avant même la vue, il percevra le son ;
Ses gazouillis joyeux exaucent ma prière !

Les accords de guitare, les gammes d'un piano
Traversent de leurs chants les murs d'un casino,
Un violon s'envole au débuché d'un cuivre…

Si dans l'art de l'écrit, du dessin, de la danse,
Tout homme s'émerveille et l'artiste s'enivre,
La musique, divine, viendra nous mettre en transe !

Une rose, quelques fleurs

Chanson

J'ai souvent cherché, pour te plaire
Quel cadeau je pourrais te faire
Et j'ai pensé que pour te dire
Les mots que je ne sais écrire,
Je pourrais t'offrir une fleur
Qui saurait parler à ton cœur
Et c'est ainsi que j'ai choisi :
Une rose, quelques fleurs,
Cette rose pour ton cœur,
Cette fleur de l'amour
Pour te faire la cour.

J'ai connu des temps difficiles,
Lorsque les dieux sont indociles.
Dans les jours noirs et les nuits blanches,
Il me restait de beaux dimanches
Où j'allais cueillir au jardin
L'espoir d'un meilleur lendemain.
Et c'est pourquoi j'ai fait ce choix :
Une rose, quelques fleurs,
Quelque chose pour mon cœur,
Un reflet du Printemps,
L'éclat d'un diamant.

J'ai souvent cherché dans les nues
Des roses qui se sont perdues
Et j'ai couru vers des mirages
En suivant de si beaux visages
Mais j'ai trouvé mon oasis
Quand tu m'offris des fleurs de lys.
En me tendant ces fleurs des Champs.
Une rose, quelques fleurs,
Peu de chose mais ton cœur
M'inondait de bonheur
En me donnant ces fleurs.

Je ne voudrais pas que tu pleures
Quand viendront mes dernières heures.
J'aimerais tant te voir sourire
Juste avant que mon corps expire
Mais pour mon âme sur le quai,
Je voudrais un dernier bouquet.
Oh je t'en prie, toi mon amie,
Une rose, quelques fleurs,
Une rose, pour mon cœur,
Pour me porter bonheur
Au grand jardin des fleurs.

Cueille la rose

Cueille, cueille la rose
ce matin!
Laisse pas ton cœur morose
sur sa faim…

Cueille, cueille la vie
dans ta main
Et donne à ton envie
tout son pain!

Viens chanter sa beauté,
son parfum
Le soleil de l'été
qui revient!

Cueille, cueille l'amour
en chemin
Sans chercher le retour
du destin.

Cueille, cueille toujours
le bonheur
En offrant chaque jour
une fleur!

Cueille, cueille la fleur
de l'Amour
Garde là dans ton cœur
pour toujours!

Le camélia

Lorsque l'hiver s'enfuit,
Quand revient la douceur
Le Camélia fleuri
Nous offre sa blancheur.

Le grand soleil qui luit
Apporte sa chaleur,
Sa lumière envahit
Peu à peu tous les cœurs.

Fini le temps des pleurs
C'est le Printemps joli
Qui nous offre ses fleurs
Et l'amour qui séduit.

Voici la mélodie
Du violon du cœur,
Elle chante la vie
Au rythme du bonheur.

B. Korvec

Capitaine d'amitié

Vous savez garder, pour nous plaire,
L'art de paraître vingt printemps,
Vous nous aimez comme une mère ;
Nous vos amis, nous vos enfants.

Et c'est vous qui tenez la barre
Du bateau de nos amitiés,
Nous larguons la dernière amarre :
Nous sommes prêts à embarquer.

Avec vous comme capitaine,
Nous sommes certains d'arriver
À cette Belle-Île lointaine
Dont nous avons tous tant rêvé.

Nous traverserons des tempêtes,
Celle de la vie et du temps,
Mais vous protégerez nos têtes
Jusqu'au dernier souffle du vent.

Et si les courants nous entraînent
Trop loin des routes du bonheur
Et dans la nuit et dans la peine
Nous ne suivrons que votre cœur !

Soif

J'ai soif de chanter
La beauté
Des choses et des êtres
Aux fenêtres.

J'ai soif de tendresse,
De richesse
Pour l'âme et le cœur,
De douceur.

Je suis dans le désert
Et je cherche une source,
Je n'ai plus de repère
Mais je poursuis ma course.

Indiquez-moi la route
Et remplissez ma coupe
Donnez-moi, je vous prie
L'eau de source de vie.

J'ai soif de clarté,
Pureté.
J'ai soif de beauté,
De créer.

J'ai soif de bonté,
D'amitié,
J'ai soif d'être aimé
Et d'aimer.

O ! J'ai soif de croire
Et de boire
À la source de l'Aven
Au jardin d'Éden.

B. KORVEC.

La pêche

Forme arrondie, opulente,
Couleur prometteuse, séduisante,

Douceur veloutée de sa peau,
Entre la soie et le satin,
Le plaisir du toucher,

Chair fraîche et juteuse,
Saveur incomparable,
Arôme subtil,
Volupté du Goût,
Séduction du palais.

La pêche est un péché
de gourmandise.

Brigitte Korvec.

BRIGITTE KORVEC.

Le goûter

Cest l'heure du goûter !
Et déjà, sur la table,
Maman a préparé,
En répétant ma fable,
Des fraises et une pomme
Cueillis dans le verger
Par le petit bonhomme
Qui mange sa tartine
De bon pain frais doré,
Qui soudain dégouline
Un peu sur son cahier !

Le lait presque bouillant
Deviendra chocolat
Dans son grand bol fumant !
Et du four sortira
La brioche bien chaude…
On va se régaler !
– « Voici des reines-claudes,
Vous allez bien rester,
Asseyez-vous ici
Et goûtez avec nous
Ces quelques fruits cueillis
À l'instant et pour vous !
Découvrez le bonheur
D'un délicieux "quatre-heures" »…

Histoire de pomme

Et Dieu créa la femme.
Pour achever son œuvre,
Il en fit un chef-d'œuvre
En lui donnant une âme!

Dans ses yeux, une flamme,
À ses pieds la couleuvre
Tentera la manœuvre
Qui tissera le drame!

Le fruit était joli
Et le serpent gentil…
Mais la superbe pomme
Fit le malheur de l'Homme!

Image picturale

Sur ce tableau dressé devant le chevalet
Une forme apparaît, subtile, vaporeuse,
Laissant à deviner l'image prometteuse
Aux contours indécis préludant au ballet.

O! Gerbe de pastels, aquarelle de fées!
Ton flou est si léger, si douce ta couleur
Sous l'effet du pinceau d'un maître ciseleur,
Qu'il évoque un mirage inspiré des nymphées.

Plus fraîche qu'un éclat nimbé dans le matin,
Esclave d'un pouvoir imprimant une pose
Les reflets triomphants chantent l'apothéose
Tel un astre vainqueur à l'aube d'un festin.

Mario Rigault

B. KORVEC

Eh bien, dansez maintenant !

Elle a peint ces fleurs,
Dessiné ces fruits
Riches de couleurs,
Au ciel de ses nuits.

Feuilles de musique
Et chaussons de danse
Volent en cadence :
Œuvre féerique !

Du bout de ses doigts,
Du fond de son cœur
Elle pense à toi
Pendant son labeur !

Aujourd'hui tu ris
Et demain tu pleures,
Danse avec ta vie,
Chante ton bonheur !

B. KORVEC

Notre Île

C'est un rocher sculpté par les ciseaux des mers,
Hantise des marins abandonnant l'école,
Arrivant dans les ports, entraînés par Éole,
Naviguant à l'estime et au vu des amers.

Tous sont partis chercher dans les embruns amers
Amitié ou tendresse ou la passion folle
Laissant au vent du large un passé qui s'envole
Mais sans jamais trouver cette perle des mers.

Île de notre espoir émergeant de l'enfance
C'est le cap en plein Sud d'une grande espérance…
Hissons la voile blanche quand s'annonce l'été!

Et la vie refleurit entre le ciel et l'onde
Lorsqu'apparaît soudain avec complicité
Ce fruit, comme un bonheur qui monte et nous inonde…

Le Grenier des Artistes

Les violons dorment au grenier
Et le piano reste fermé,
Vos parents aimaient en jouer,
Leurs chants sont-ils donc démodés ?
Le tambourin, la mandoline
N'ont plus de doigts, de mains câlines,
Emprisonnés dans un placard,
Ils ont dû mourir de cafard !

Mademoiselle m'entendez-vous ?
Mademoiselle réveillez-vous !
Mademoiselle appelez-nous !
Mademoiselle, le savez-vous ?
Nous sommes tous à vos genoux,
Vous êtes celle qui pour nous
Reviendra comme l'hirondelle
Pour chanter belles ritournelles !
Vous nous ferez danser la belle
La gigue et puis la tarentelle,
La gavotte et la pastourelle,
La danse vous fera plus belle,
Brillerez comme l'étincelle !

Où sont passées les dentellières
Brodant les jupes de nos mères,
Fines lingeries à trous-trous,
Dessous chantants, et gais frou-frous ?
Où sont rangés vos longs pinceaux
Et les couleurs de vos peintures,
Vos belles toiles, vos tableaux,
Qui font rougir dame nature ?

Mademoiselle m'entendez-vous, …

Reprenez donc votre guitare !
Entonnez vos accords bizarres
Et chantez vos belles chansons,
Nous reprendrons à l'unisson !
Dites-nous encore ce poème
Qui finissait par : « Je vous aime… »
Mais avant de nous séparer
Faites nous chanter et danser !

Mademoiselle, m'entendez-vous…

La petite fille

Petite fille en robe blanche,
Sous un ciel bleu dans les prairies
Pour sa maman, en ce dimanche,
A cueilli mille fleurs jolies.

Sa brassée de coquelicots
Chante l'été mieux qu'un violon
Et réjouira la maisonnée
Toute une semaine d'été.

Petite fille en robe blanche
A cueilli mille fleurs jolies
Pour sa maman, en ce dimanche,
Parce qu'elle l'aime à la folie.

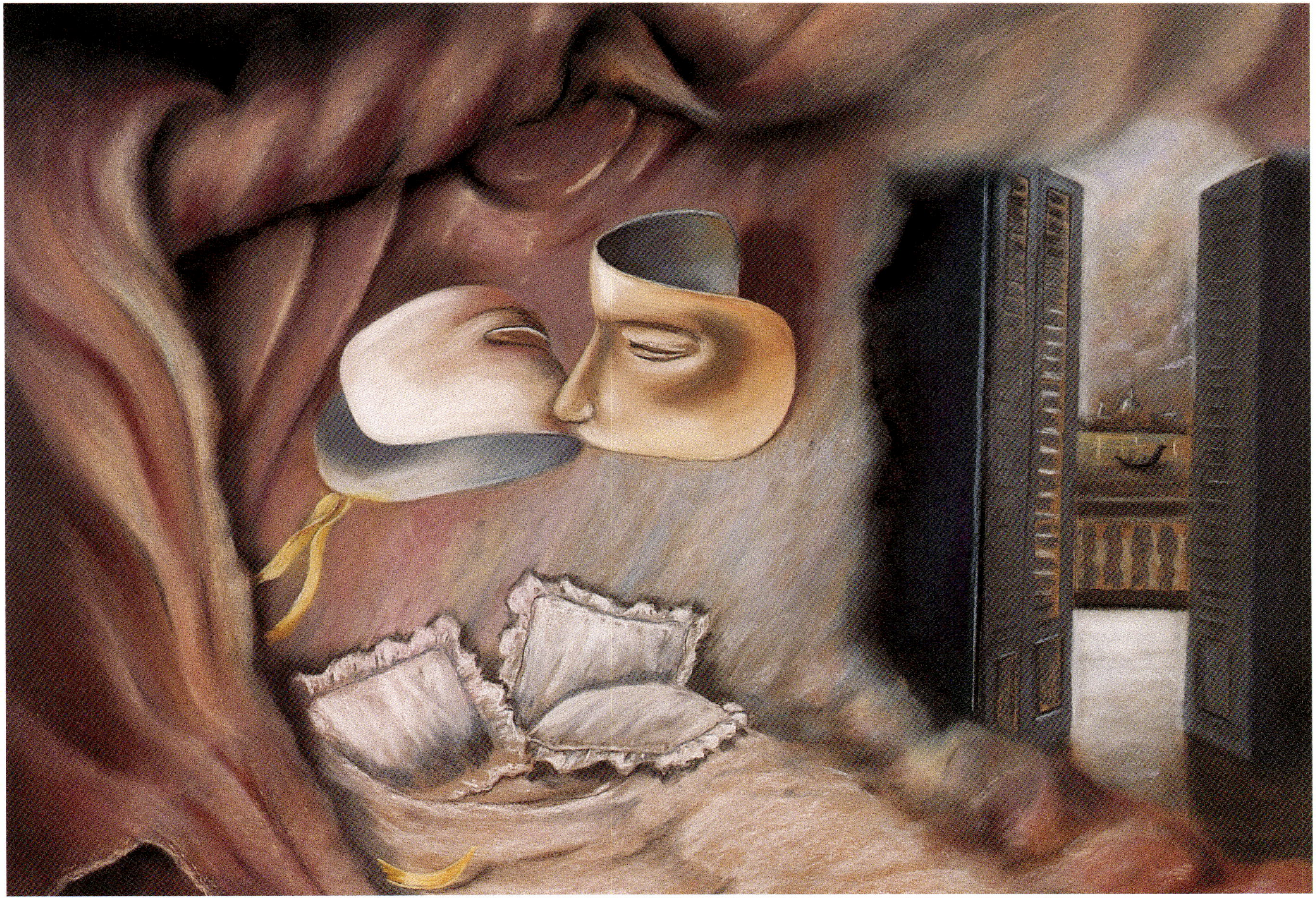

Magie d'un rêve

Est-ce le soleil, la nature verdoyante
ou les éclats du diamant scintillant de la mer
qui font briller ses yeux et lancer son sourire ?

C'est aussi, peut-être le regard heureux
de celui qui l'accompagne
et qui voudrait par la magie d'un regard aimant
fixer pour toujours ces instants de grand bonheur tout simple
d'être deux à se plaire et à partager une même joie
d'être réunis pour goûter la beauté de la nature,
le bonheur de se rencontrer, de se comprendre, de s'aimer
et d'apprécier ensemble les plaisirs de la vie et des beaux sentiments.

Amitié, ou Amour naissant ?
Qu'importe le nom !
pourvu qu'on ait l'émotion,
lorsqu'elle vient ouvrir une fenêtre sur le bonheur !

Reines de l'Éden

Voici les reines de l'Éden,
Les fleurs d'ajonc de Pont-Aven
Ou passantes en simplicité,
En leur charmante nudité.

En venant poser pour l'artiste
Elles parurent fantaisistes
En traversant le grand jardin
Offrant leurs contours féminins.

Nourries de miel et de la source
Et de fruits mûrs pour tout festin,
Elles ont arrêté leur course
Sur ce divan, dès ce matin.

50

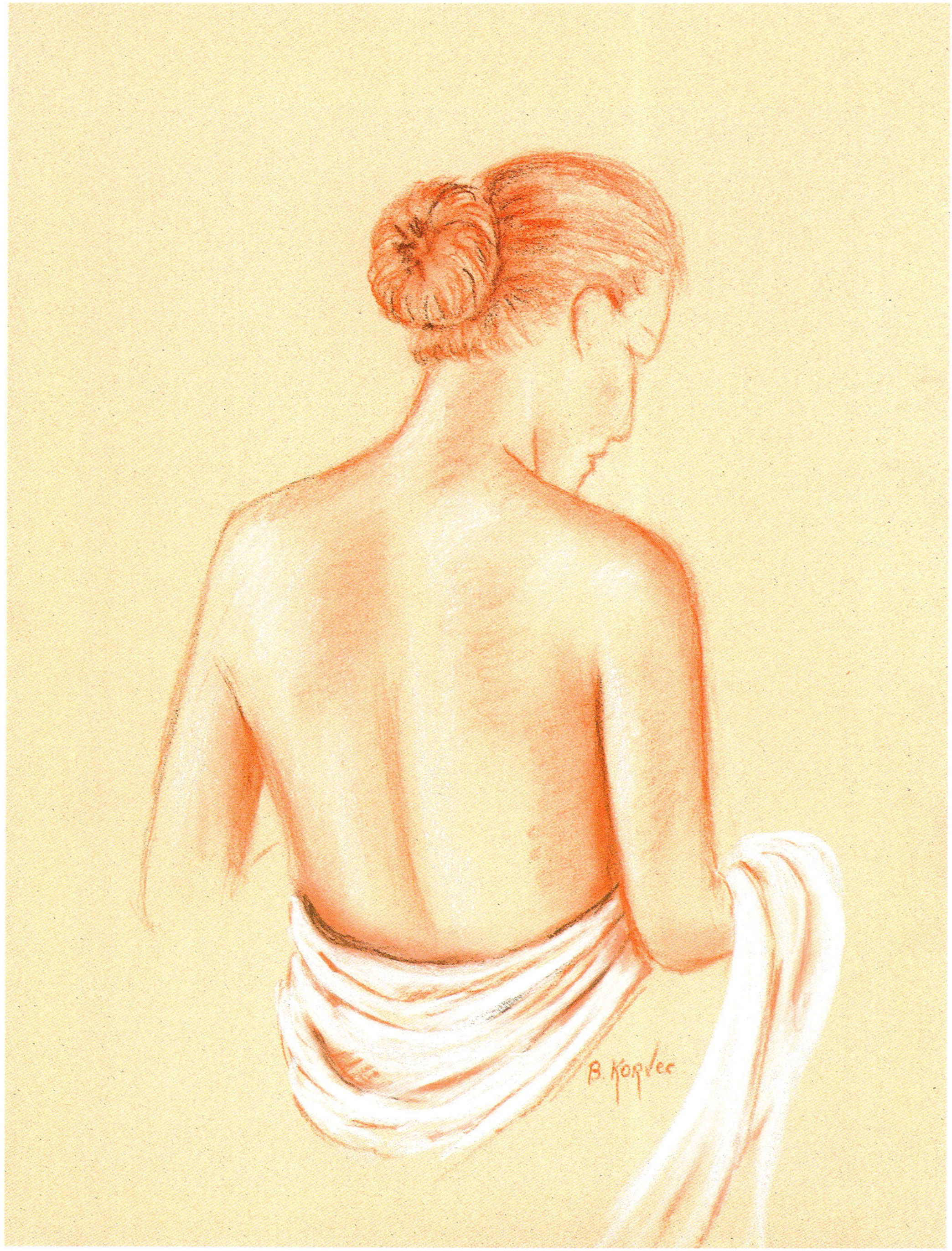

Formes offertes au grand jour

Émergeant de sa solitude,
Elle va, guidant son crayon,
Sur le papier, en amplitude
Formant des courbes et des ronds.

Un corps de femme se dessine
Offrant ses formes au grand jour…
Le cœur ou l'âme se devine
Quand l'artiste pense à l'amour…

La jeune fille se dénude
Au soleil trop chaud de l'été :
Promesse de béatitude
À celui qui saura l'aimer !

L'Amour viendra comme la vague
Recouvrir son corps et son cœur…
On lui proposera la bague
Quand elle offrira le bonheur !

52

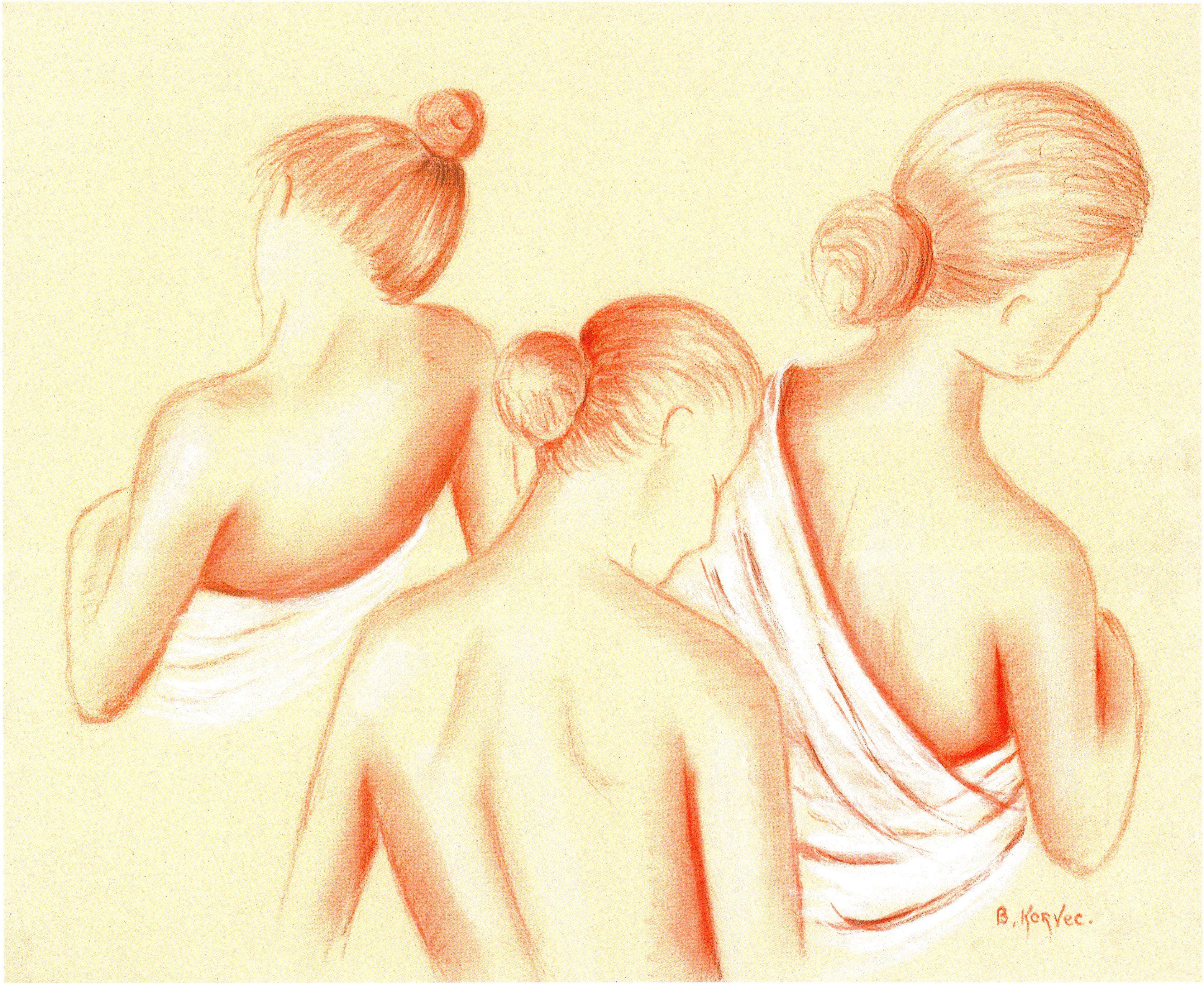
B. KORVEC.

Sylphide

Le voile le plus beau
Qui pourra l'habiller
Est tissé du vent chaud
Des plus beaux jours d'été!

Sur son corps dévêtu :
Un regard de tendresse
Sur ses épaules nues :
Un désir de caresse.

Voici les vêtements
Qu'elle osera porter
Dans le Jardin d'Éden
Sur les bords de l'Aven.

Nature vivante

Bientôt j'irai revoir
La fée aux doigts de vie,
Tout près, j'irai m'asseoir
Et sans faire de bruit
Je la regarderai
Mettre de la couleur
Comme un enfant le fait
En frottant en douceur
Sur le bout de son doigt
Un pastel au ton vif
Et je resterai coi
Devant ses gestes vifs…

Puis, soudain sous mes yeux
Apparaîtront les fleurs
Et les fruits merveilleux
Qui s'offrent à mon cœur…
Je voudrais les cueillir,
Les toucher, les goûter,
Tout au moins les sentir,
Ou juste regarder…
Pendant longtemps, longtemps,
Peut-être pour apprendre
Ou pour saisir l'instant
Où de son regard tendre
Elle demandera :
- « Qu'en pensez-vous ami » ?
Et l'ami répondra :
- « Oh ! C'est déjà fini ?
Gardez-le donc pour moi,
Car il est trop joli ! »

Le logis de la Fée

Je connais un cottage
Au creux d'une vallée,
Noyé dans le feuillage
Et bordé d'une allée
Longeant une rivière.
Son âme est si paisible,
Son allure est si fière
Qu'il est la seule cible
Des passants de la route
Dont l'envie tisse un rêve
Qui charme et qui envoûte
Comme la pomme d'Ève!

Avec un peu de veine
Près d'un bois, à l'orée,
Tout en suivant l'Aven
Le Logis de la Fée
Apparaîtra peut-être
Au regard, s'il insiste :
Derrière sa fenêtre
On découvre l'Artiste
Quand son pinceau se pose
Sur une toile offerte :
Sa touche virtuose
Promet la découverte!

Les Pensées

Cette plume,
Cette musique,
Ces pensées
S'envolent vers vous…

Mieux qu'une longue lettre,
Qu'une chanson,
Que le parfum
Ou les couleurs des fleurs,

Elles vous diront simplement
Que vous êtes toujours
Près de moi.

Brigitte Korvec.

La Sirène

Chanson

Je connais une sirène
que vous admirez,
Elle est belle, c'est une reine,
ses cheveux dorés
Descendent comme une traîne
sur ses reins cambrés.
Elle est belle, elle est jolie,
comme un ciel d'été,
Ses yeux sont une symphonie,
il faut l'écouter !
Et je l'aime à la folie,
vous vous en doutez !

La sirène est sérieuse,
ça vous le verrez
Mais la belle est-elle heureuse,
est-ce que vous savez ?
La sirène est amoureuse,
de qui ? Devinez !
Elle adore une baleine
qu'elle a rencontrée
Il a quelques semaines
dans la mer glacée
Auprès de ce phénomène,
elle s'est réchauffée !

Je lui dis : « Belle sirène,
que vous me plaisez,
Je suis poisson, je vous aime,
et je peux nager
Aussi loin que vous entraîne
votre destinée.
Venez, s'il vous plaît, ma reine,
venez vous baigner !
Je porterai votre traîne,
pour vous alléger,
Puisque nos eaux sont les mêmes,
allons nous aimer !

Je saurai vous faire rire
et vous étonner
Et je pourrai vous offrir
ce que vous voulez,
J'aimerais tant vous servir
et vous adorer » !
À ces mots, cette sirène
parut enchantée !
Pourtant, elle semblait sereine,
mais sans hésiter,
Elle a plongé, la vilaine
et s'en est allée !

Le petit oiseau des îles

Je t'ai trouvé sur une branche,
Toi mon petit oiseau des îles,
Tu atterris un beau dimanche
Et moi j'errai de ports en villes,
Je t'ai trouvé, oh quelle chance !
Veux-tu rester sur mon île ?

Chante, chante, de tes cris jubile
Ta chanson d'Amour, d'Amitié.
Vole, vole, là-bas, vers mon île,
Sur la mer tu suis mon voilier,
Vole, vole, de ton aile agile,
Dans le ciel de ta liberté !

Ton regard vif, ton chant joyeux,
Ton envol en même temps que moi,
Les instants les plus merveilleux
Tu les as composés pour moi
En posant ton bec amoureux
Contre le mien, reste avec moi !

Tu m'as donné mille brindilles,
Toi mon petit serin, mon canari,
Paille, thym, lavande et vanille
Pour construire notre petit nid
Et dans nos cœurs le soleil brille
Tes plumes viennent réchauffer ma vie.

Mais saurais-je toujours mériter
L'attachement du volatile
Car depuis que j'ai rencontré
Cet adorable oiseau des Îles,
Je me suis remis à rêver
Au grand bonheur de notre idylle.

MICHEL LÉON

Michel LÉON, poète et artiste : compositeur et interprète de chansons.
Né en 1942 à St Jouan-des-Guérets (35) près de St Malo.

En 1982, il publie un premier disque de chansons : « *Les coques en bois* ».
La chanson « *Old Gaffers* » a fait le tour des ports de France.
Il devient membre de la SACEM.

- 1982 : Prix de la Chanson à la Société des Poètes et Artistes de France.
Il participe, avec succès, à quelques concours de poésie :
Prix de Poésie classique aux Jeux Floraux de La Baule,
Grand Prix à l'association Onitis,
Prix des peintres et poètes d'aujourd'hui,
Prix du Sonnet à l'Académie des Marches,
Prix Jean de la Fontaine - fable-chanson - aux Amitiés Littéraires du Gatinais,
Prix de l'Académie du Disque de poésie.

En 1984, il publie un livret de petits poèmes classiques : « *À tout cœur* » préfacé par Bernard HUE, Docteur es lettres, qui écrit, en parlant du poète : « *Il écrit comme il chante, lui qui dans ses chansons célèbre avec tant de sensibilité l'infinie diversité de la vie.*
Son texte ne laisse pas de frapper par la réussite de sa facture et par une simplicité que son lecteur – celui qui aime vraiment la poésie – ressentira comme signe de maîtrise et de respect à son égard. Rien de vain, en effet, rien de gratuit, rien d'un simple jeu verbal dans ce poème où s'allient, dans la clarté, musicalité et sensibilité… Il n'hésite pas à faire siens des thèmes dont se nourrit depuis toujours le vrai message poétique. L'universalité de ces thèmes ajoute au chant du poète égaré en un siècle dysharmonique cette précieuse banalité qu'André Gide considère comme la qualité première de l'œuvre d'art, celle dont l'accès est le plus difficile. »

- 1984 : Fondation de l'association « *Sillons et Vagues* »,
Second disque « *La Mer à Saint-Malo* »,
- 1985 : Prix du Public à Dol-de-Bretagne,
Finaliste au concours de chanson des Jeunesses Musicales de France,
Prix Théodore Botrel aux Amitiés poétiques de France, à Dinan,
Recueil de chansons « *Le chant des vagues* ».
- 1988 : Fondation de l'association « *Le Grenier des Artistes* ».

Depuis 1990, il organise les concours de la Société des Poètes et Artistes de France en Bretagne.
En 1996, il devient le Délégué Régional de la Société des Poètes et Artistes de France, pour la Bretagne, l'Anjou, la Touraine.
Correspondant de la revue culturelle internationale « *Art & Poésie* ».

Brigitte Korvec

Née en 1956 à l'île de Groix
Peintre pastelliste.
Elle réside à Pont-Aven ou elle vit de son art et expose depuis 10 ans.

Exposition permanente depuis 1988 dans sa Galerie de Pont-Aven

1987	Galeria Del Arte Santo-Domingo	Saint-Domingue
1990	Galerie Diezart	Genève - Suisse
	La Poste	Pont-Aven
1991	Galerie Diezart	Genève - Suisse
	Galerie Signature	La Varenne Saint-Hilaire
	Tea Room le Richelieu	Montreux - Suisse
1992	Poste	Quimperlé
	Galerie Diezart	Genève - Suisse
	Espace Jean-Macé	Alforville
	25e grand prix de peinture du Léon	Landivisiau
	Mai des Avens 92	Manoir de Kernault - Mellac
1993	Hôtel Arcades	Quimper
	Galerie Herouët Le Marais	Paris
	Société Générale Montparnasse	Paris
	Salon du Dahlia	Château de Trevarez - Laz
	Moulin de Rosmadec	Pont-Aven
1994	Moulin de Rosmadec	Pont-Aven
	The arts collective Sacramento	San-Francisco USA
1995	Château de Montvillargenne	Chantilly
	Espace Zyma	Nyon - Suisse
	Moulin de Rosmadec	Pont-Aven
1996	Kreis Sparkasse Symphonie Florale	Northeim - All.
	Salon de La Nature Morte	Chateau de Rohan - Pontivy
	Moulin de Rosmadec	Pont-Aven
	Galerie Patrick Le Reun	Rouen
1997	Moulin de Rosmadec	Pont-Aven
	Salon de Plouarzel	Plouarzel
	Congrès National de La Société des Poètes et Artistes de France	Saint-Malo

Membre actif de la Société Arts - Sciences et Lettres.

PRIX ET RÉCOMPENSES

Médaillon d'or du Grand Prix Mondial d'Art des Amériques
1er prix au Concours SPAF Bretagne-Anjou-Touraine
Médaille du Mérite et du Dévouement Français
Médaille de Bronze des Arts - Sciences - Lettres

Vous pouvez aussi la retrouver sur le site internet :
http://perso.wanadoo.fr/korvec/

Michel Léon remercie tout particulièrement :
Pierre Kerebel (†),
Anne Chavériat,
Mario Rigault,
Charles Le Quintrec,
Brigitte Korvec.

Brigitte Korvec dédie cet ouvrage à Fred et Stéphanie,
et remercie tous ceux qui l'ont toujours soutenue dans son travail.

Prise de vue : Alain Le Cloarec - Guillaume Team
Maquette, gravure et flashage : Édica à Guengat
Impression : Imprimerie Michel Archant à Briec.

Cet ouvrage est édité par
l'association « Le Grenier des Artistes ».
© 1998.
40 boulevard des Talards
35400 SAINT-MALO

ISBN 2-9512969-0-8
Dépôt légal : 3e trimestre 1998